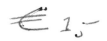

# IN HET VOORBIJGAAN

Jean-Laurent Caillaud

# IN HET
# VOORBIJGAAN

Vertaald uit het Frans door
Parma van Loon

MISTRAL
*uitgevers*

Oorspronkelijke titel: *Se croiser sans se voir*
Oorspronkelijke uitgave: Presses de la Renaissance, Paris, 2007
Vertaling door: Parma van Loon

Omslagontwerp: Wil Immink
Omslagillustratie: Imagestore / Arcangel Images /
Ilona Wellmann
Auteursfoto © DR
Typografie en zetwerk: ZetProducties, Amsterdam

www.mistraluitgevers.nl
www.fmbuitgevers.nl

Mistral uitgevers is een imprint van Foreign Media Books bv,
onderdeel van Foreign Media Group.

ISBN 978 90 499 5096 5
NUR 302

Mededeling voor de lezer

De hierin verzamelde berichten zijn authentiek.
Teneinde de schrijvers ervan volledig recht te doen
is niet één regel gewijzigd. Ook de orthografie is
oorspronkelijk.

Voor een goed begrip van het verloop van de
geschiedenis hebben wij de brieven echter in chro-
nologische volgorde gedateerd en gerangschikt.

FRANSE REPUBLIEK

PARIJS

21 AUGUSTUS 1943

FRÉDÉRIC DE BOIS-LÉGER

IS GESTORVEN VOOR FRANKRIJK,

GEDOOD DOOR DE GESTAPO

VOOR DE GEVEL VAN NUMMER

149, BOULEVARD SAINT-MICHEL

14 augustus


U die hier voorbijgaat, wilt u een gedachte wijden aan Frédéric.

Hij is voor u gestorven. Op 21 augustus 1943 is hij door de Duitsers in de rug geschoten.

Hij was 19 jaar. Hij was een fantastische, dappere jongen en mijn beste vriend.

Na de oorlog wilde hij een wereldreis gaan maken.

Hij heeft het niet gekund.

21 augustus


Als u deze marmeren plaat ziet, denk dan even aan Frédéric.

Speciaal vandaag. Hij is 21 augustus 1943 gestorven.

Dat is meer dan 60 jaar geleden, maar we mogen het niet vergeten. Hij was een verzetsstrijder.

Hij is gedood door de Duitsers.

Hij was 19. Hij was mijn beste vriend.

Dank u.

21 augustus


Monsieur,

Toen ik vanmorgen naar mijn werk ging, zag ik het briefje dat u op de gedenkplaat aan de boulevard Saint-Michel 149 hebt geplakt. Ik kan u niet zeggen hoe ontroerd ik was door die paar regels. Ik vind het fantastisch dat u zestig jaar na de dood van uw vriend nog aan hem denkt en over hem praat. Hij moet een heel bijzonder iemand zijn geweest. Ik zal vandaag aan hem denken.

Emma

22 augustus


Monsieur,

De brief die ik voor u had achtergelaten en
opgehangen aan de gedenkplaat aan de boulevard
Saint-Michel was verdwenen toen ik gisteravond uit
kantoor kwam. Ik hoop dat u hem hebt meegenomen. Bij de uitgang van de metro heb ik een paar
tulpen gekocht. Ik zal ze vastmaken aan de plaat. Ik
denk dat het wel mooi zal staan.

Emma

23 augustus

*Monsieur,*

Ongelooflijk. Gistermorgen, op weg naar mijn werk, heb ik tulpen achter de marmeren plaat gehangen door ze tegen de muur te klemmen. En toen ik uit kantoor kwam, stonden mijn tulpen in een plastic vaas op de grond! Hebt u de bloemen geschikt?

Emma

25 augustus

Mademoiselle,

Bedankt voor de tulpen. Frédéric was dol op bloemen. Hij zei altijd dat hij van de natuur hield. Ik weet niet waar hij is, maar ik denk dat hij blij is met uw gebaar. Maar van wie die vaas is, weet ik niet.

26 augustus


Monsieur,

Het is een vreemd gevoel om brieven te schrijven aan een onbekende. U zult het wel mal van me vinden, maar het is een beetje of ik aan mijn opa schrijf. Ik heb hem nooit gekend. Hij is gestorven toen hij 54 was, en ik ben geboren in 1983. Als hij was blijven leven zou hij nu 82 zijn. Als ik het goed berekend heb, zou Frédéric nu ongeveer net zo oud zijn als hij. En u ook, om en nabij. Neem me niet kwalijk dat ik over persoonlijke dingen praat. Zeg het me als u dat vervelend vindt. En die tulpen, zal ik nieuwe kopen als ze verwelkt zijn?

Met vriendelijke groet,


Emma

28 augustus


Mademoiselle,


U bent heel slim. Ik word in oktober dit jaar inderdaad 82. En mijn dierbare Frédéric ook, net als uw grootvader. Het doet me veel plezier uw briefjes op de muur te vinden. Wat de bloemen betreft, doe wat u wilt. Het is erg aardig van u. Mijn dank.

28 augustus


Geachte heer,

Ik heb uw briefje gezien op de muur van boulevard Saint-Michel 149. Ik denk niet dat ik de eer
heb u te kennen, temeer waar uw brief anoniem is.
Ik ben zo vrij u deze regels te doen toekomen om u
erop attent te maken dat een vaste groep van de
afdeling oud-strijders van het V$^{de}$ arrondissement,
een afdeling die onder mijn leiding staat, elke dinsdag, woensdag en donderdag van 14.00 tot 17.00 uur
bijeenkomt in het raadhuis, Place du Panthéon,
bureau 112, 1$^{e}$ etage gebouw C.

Aarzel niet u bij ons aan te sluiten; wij zijn
altijd zeer verheugd nieuwe kameraden te kunnen
begroeten.

In afwachting van uw komst in ons midden, verblijf ik
met de meeste hoogachting

Kolonel (B.D.) Jacques Gardette

30 augustus

Mademoiselle,

U schijnt zich te interesseren voor verhalen uit de
oorlog. Ik zal u er een vertellen. Een waargebeurd
verhaal. Frédéric en ik maakten deel uit van een
groep verzetsstrijders in Parijs. Onze taak was het
doorgeven van berichten om de landing van de
geallieerden voor te bereiden. We waren niet onder
de wapens geroepen in verband met de tuberculose
die we allebei hadden opgelopen. We beschikten
toen over fietsen. Maar in augustus 1943 had
Frédéric niet meer in Parijs moeten zijn. De
Duitsers hielden hem al een paar weken in de gaten.
De hele groep werd verdacht. Maar Frédéric had
tegen zijn vriendin Florence gezegd dat hij nooit
zou weggaan en haar achterlaten om pas weer terug

te komen als alles achter de rug was. Hij was een dappere jongen. Soms zelfs wel een beetje dwaas. Hij heeft zich toen schuilgehouden in de kelder van de kruidenierswinkel van mijn vader, aan de Rue Gay-Lussac. Hij mocht geen stap meer buiten zetten. We brachten hem van alles te eten. Maar mijn moeder was niet op de hoogte. Op een avond hoorde ze wat lawaai en ze riep mijn vader om hem te zeggen dat er dieven in de winkel waren. Mijn vader wist het echter van Frédéric en zei dat het ratten moesten zijn. Mijn moeder wilde toen naar beneden gaan, maar mijn vader belette het haar. Het was een heel kabaal en Frédéric vond het beter om zonder iets te zeggen te vertrekken, zodat mijn ouders geen problemen zouden krijgen met de Duitsers. Toen ik hem terugzag, was hij dood. Ik heb u verteld dat hij een vriendin had die Florence heette. Ze wilden met elkaar trouwen. Ze was zijn verloofde, zoals hij zei. Heel droevig allemaal. Zelfs al is het zoveel jaar geleden.

Wat goed, al die mooie bloemen. Weet u zeker dat het er niet te veel zijn?

31 augustus

Monsieur,

Ik weet niet wie de rozen heeft neergelegd. Ik heb de tulpen gebracht. Maar waarschijnlijk hebben anderen uw briefje gelezen en gezien dat iemand bloemen had neergelegd. Ik denk dat ze het hebben gedaan omdat ze ontroerd waren door uw woorden. Wat dat betreft, uw laatste brief heeft diepe indruk op me gemaakt. Ik zou met mijn vriendin Sylvie met de metro naar kantoor gaan. Ik zei dat ik een omweg wilde maken via de boulevard Saint-Michel om te zien of er post voor me was. Ze zal me wel een idioot of een aanstelster hebben gevonden, want ik woon in de Rue Saint-Jacques, in een kleine studio op de zolderverdieping. Ik heb haar het hele verhaal moeten vertellen, van de brieven, de bloemen, de gedenkplaat en de vaas! Ze was ervan overtuigd dat ik haar voor de gek hield. Dat het een flauwe grap was. Ze bleef maar beweren dat dergelijke dingen in Parijs niet gebeuren, dat mensen die elkaar niet kennen elkaar niet schrijven... Maar ze moest wel van gedachten veranderen! Toen ik zag dat er een envelop achter de marmeren plaat van 149 stak, twijfelde ik eraan of hij voor mij bestemd was. Ik vond het vreemd die envelop te zien met alleen mijn voornaam erop. Ik denk dat ik u wel kan zeggen wat mijn volledige naam is: ik heet Emma Chatrier. In de metro heb ik mijn vriendin Sylvie alles over ons verteld. Ze adviseerde me om niet te goed van vertrouwen te zijn. Ze zei dat het niet verstandig was om aan een vreemde te schrijven. Met alles wat je in de kranten leest... Maar ik voel dat u een goed mens bent. En misschien een beetje treurig.

Ik heb gewacht tot de pauze van 10 uur om rustig uw brief te kunnen lezen. Ik heb bijna moeten huilen. Hoe heeft Frédéric zich door de Duitsers laten pakken?

Met vriendelijke groet,


Emma Chatrier

1 september

Emma,

Je schenkt me je vertrouwen en je hebt gelijk. Ik ben maar een oude man die geheel alleen is met zijn herinneringen aan het verleden. Maar je vriendin heeft ook gelijk als ze zegt dat je op je hoede moet zijn voor mensen die je niet kent. Je wilt weten hoe Frédéric gepakt is? Het ligt enigszins gecompliceerd. Maar voornamelijk omdat iemand hem heeft verraden, dat weet ik zeker. Zoals ik je verteld heb, is hij uit het huis van mijn ouders vertrokken om ze niet in gevaar te brengen. Wat hij niet wist, is dat mijn moeder ook in het verzet was. Maar je weet hoe dat ging, de man mocht niets tegen zijn vrouw zeggen, en de vrouw kon niets tegen haar man zeggen. Op die manier werd het geheim goed bewaard, ook al hadden ze dezelfde mening over de Duitsers. Toen mijn ouders elkaar de huid volscholden, dacht mijn moeder dat mijn vader zwarthandelaar was. Een kruidenier die dingen verbergt in zijn kelder, dat hadden we vaak genoeg gezien. Schoften, excuseer mijn taalgebruik. Mijn vader was dat natuurlijk niet, integendeel. Maar mijn moeder was razend op hem. En ik kon niets zeggen.

Ik wist niet dat zij ook verzetswerk deed.

Neem me niet kwalijk, maar ik ben moe. Ik ben al erg oud en ik kan niet te lang schrijven.

Dat is slecht voor mijn rheumatiek.

Het vervolg vertel ik je een andere keer.

Tot ziens Emma.

1 september

Dank aan wie langs deze muur is gekomen en bloemen heeft neergelegd.

Het is meer dan zestig jaar geleden dat Frédéric door de Duitsers is gedood.

Uw bloemen vertellen waarom hij is gestorven. Bedankt. Hij was mijn beste vriend.

17 september

Geachte heer,

Ik ben een Duitse toerist, met mijn gezin op doorreis in Parijs. Wij vertrekken morgen weer. Mijn naam is Heinz Wölf, ik ben 47 jaar en leraar Frans in Ravensburg. Mijn vrouw heet Ilda, wij hebben twee dochters, een tweeling, Gisela en Heidi. We hadden besloten hen mee te nemen naar Parijs om hun achttiende verjaardag te vieren. Hun grootvader, de vader van mijn vrouw, heeft er voor en tijdens de Tweede Wereldoorlog gewoond. Verliefd als hij was op Frankrijk, sprak hij uw taal met een perfectie waar ik nog lang niet aan kan tippen. Hij werkte in Parijs als tolk aan de ambassade van het Derde Rijk. Ik heb vaak met hem gesproken nadat ik hem in 1983 leerde kennen. Deze allercharmantste man heeft zich altijd erg ongelukkig gevoeld door wat zijn landgenoten teweeg hadden gebracht toen ze verkozen de weerzinwekkende Hitler aan de macht te brengen. Mijn schoonvader was van mening dat hij gedeeltelijk verantwoordelijk was voor dit drama, zoals veel mannen en vrouwen van die generatie. Dat is de reden waarom hij wilde dat zijn kinderen Frans zouden leren. Misschien was het een manier om hulde te brengen aan het land dat hem zo dierbaar was. En op de universiteit van Stuttgart, toen ik zelf Frans studeerde, heb ik Ilda leren kennen. Onze enorme verering voor Molière, Hugo en Maupassant, heeft ons tot elkaar gebracht. Zodra we getrouwd waren, gingen we met vakantie naar Frankrijk. Toen onze kinderen 4 of 5 jaar waren, gingen we met ze kamperen in Bretagne. Maar we wilden wachten tot ze ouder waren voor we hen Parijs lieten ontdekken. Een vreugde die we sinds het begin van deze week met hen delen.

En vanmorgen hebben we de Jardin du Luxembourg bezocht. Onderweg naar het Panthéon, zagen we al die bloemen op het trottoir van de boulevard Saint-Michel. Mijn dochter Gisela vroeg waar dat voor was. We zijn ernaar toe gelopen en zagen toen uw briefje, dat met plakband aan de gedenkplaat was bevestigd. Ik kan u verzekeren dat het een heftige emotie in ons losmaakte. Onmogelijk dat een Duitser zich niet getroffen zou voelen door een dergelijke spontane uiting. 21 augustus, de gedenkdag van de tragische dood van deze Frédéric de Bois-Léger, is al bijna een maand geleden. Maar ik krijg de indruk dat het alweer verse bloemen zijn. Het is heel ontroerend al die boeketten te zien. Ik heb er zeventien geteld! Toen we daar stonden, kwamen twee jonge studenten, een jongen en een meisje, een pot met een blauwe hortensia brengen. Ik heb hun gevraagd wat ze deden. Ze vertelden dat ze rechten studeerden en een kamer deelden in de Rue Monsieur-le-Prince. Vervolgens hebben ze me uitgelegd dat sinds de 21$^{ste}$ augustus van dit jaar, de bewoners van het quartier bloemen neerleggen bij de gedenkplaat die is aangebracht ter herinnering aan Frédéric de Bois-Léger.

Ik moet u zeggen dat mijn vrouw en ik de grootste waardering hebben voor dit mooie initiatief. Gezien het feit dat er objectief gezien op het moment al te veel bloemen zijn om er van mijn kant nog aan toe te voegen, ben ik naar de bloemist gegaan op de hoek van de Rue de l'Observatoire. Ik heb een bedrag bij hem achtergelaten en gevraagd op kerstavond uit mijn naam een bos rozen neer te leggen. Laten we dat een bescheiden bijdrage noemen aan wat u, het Franse volk, zo alleraardigst noemt 'le devoir de mémoire', de plicht der nagedachtenis.

Welnu, ik hoop dat ik u niet teveel heb lastiggevallen met mijn relaas, maar ik vond het belangrijk om te reageren. Ik ken uw naam niet, monsieur, en zal derhalve mijn brief achter de gedenkplaat bevestigen. Het is me opgevallen dat de mijne niet de eerste is geweest. Misschien zult u hem vinden... Met de meeste hoogachting en mijn beste wensen,

Heinz Wölf
PeterStrasse 11
Ravensburg, Duitsland

10 november

Bonjour Monsieur,

Ik hoop dat alles goed gaat met u. Wees gerust, ik weet dat het de *Eerste* Wereldoorlog was die op 11 november tot een einde kwam. Ik weet praktisch niets van geschiedenis, maar zó erg is het toch ook weer niet! Toch heb ik bedacht dat het goed zou zijn om bloemen te leggen bij de gedenkplaat aan de boulevard Saint-Michel. Per slot is het belangrijkste dat we aan uw vriend denken. Ja toch? We hebben elkaar al twee maanden niet geschreven. Ik hoop dat met uw gezondheid alles in orde is. Ik heb een paar kleine probleempjes gehad. O, niets ernstigs, maar ik heb mijn vriendje het huis uit gezet. Van een collega van kantoor, met wie we van tijd tot tijd in een restaurant gingen eten, hoorde ik dat hij avances bij haar had gemaakt. Natuurlijk ben ik toen woedend geworden en heb ik geëist dat hij alles zou opbiechten. Hij zei dat hij van me hield maar dat hij aan één vrouw niet genoeg had, enzovoort. Nou ja, het gebruikelijke blabla. Ik heb hem gezegd dat hij zijn spullen kon pakken en nooit meer een voet bij mij over de drempel hoefde te zetten (want bovendien woonde hij ook nog bij mij, de hufter). Ik geloof dat het me van een zwaar juk heeft bevrijd. Maar toch was het een hele schok. 's Avonds alleen thuis zijn, terwijl we bijna een jaar samen waren, valt niet mee. Gelukkig heb ik veel steun gehad van mijn vriendinnen. En gisteravond had Sylvie me uitgenodigd om bij haar te komen eten. Toevallig was haar broer Thierry er ook. Hij is vrijgezel, 31 (ik ben 23) en ik geloof dat hij een beetje verliefd op me is. Het is echter nog te vroeg om me al in een nieuwe relatie te storten. Maar om kort te gaan, midden onder het eten (kip met mosterdsaus en verse tagliatelle) begint Sylvie het verhaal te vertellen van de bloemen en de marmeren gedenkplaat aan de boulevard Saint-Michel. Thierry was een en al oor. Hij heeft zijn dienstplicht vervuld op het ministerie, en was goed op de hoogte van herdenkingen en zo. En hij vroeg me hoe uw naam was. Ik heb hem geantwoord dat ik het niet wist. U hebt me nooit verteld hoe u heet. Maar goed, dat alles bracht me op het idee u weer te schrijven, en omdat het morgen 11 november is, heb ik bloemen gekocht. In dit seizoen is er niet veel te krijgen, of ze zijn onbetaalbaar. Gelukkig zijn er nog altijd tulpen. Die zijn er het hele jaar door. En zelfs als het koud is, blijven de tulpen nog goed.

Ik hoop dat u in goede gezondheid bent en dat u mijn brief zult vinden. Ik zal hem op de gebruikelijke plek ophangen. Ik hoop ook dat ik u niet verveeld heb met mijn verhalen.

Liefs,


Emma Chatrier

13 november

Doe me een lol, plak niet zoveel papieren op de muur, want als het regent worden ze nat en gaan ze druipen en daarna is het erg moeilijk schoonmaken. Dank u.
De conciërge van 149.

23 november


Bonjour Monsieur,

Ik hoop dat alles goed is met u. De brief die ik
in het begin van de maand voor u had opgehangen
was verdwenen toen ik van mijn werk kwam. Maar
omdat u me niet geantwoord hebt, weet ik niet wie
hem heeft weggehaald. Ik heb de indruk dat de conciërge van het gebouw zich nogal ergert aan die
brieven en dat zij ze van de muur haalt...

Ik heb zaterdagavond een afspraak met
Thierry (u weet wel, de broer van mijn vriendin
Sylvie). Hij heeft me gevraagd met hem te gaan
eten. Eerst heb ik nee gezegd. Ik vind dat het er een
beetje te dik bovenop ligt. Het doet me denken aan
die ontmoetingen die de Amerikanen arrangeren
als ze hun ongetrouwde vrienden en vriendinnen

aan de man of vrouw willen brengen. Maar toen bedacht ik dat ik niets riskeerde door te accepteren. Thierry ken ik tenminste. Het is niet alsof ik met een vreemde ga eten. Je leest zoveel afschuwelijke verhalen in de kranten. Vindt u ook niet?

Laat gauw wat van u horen.

Emma

16 december


M'n beste Emma,


Je bent een van de heel weinigen die zich zorgen maakt over mijn gezondheid. Lief van je.

Weet je, ik heb anderhalve maand in het ziekenhuis gelegen.

Niets ernstigs, maar zo gaat het als je ouder wordt.

Als ik je brieven lees, voel ik me weer een stuk jonger.

Goed.

Omdat je zo aardig bent, wil ik je een gunst vragen.

We moeten nagaan of er met Kerstmis rozen worden gelegd onder de gedenkplaat van Frédéric.

Ik moet terug naar het ziekenhuis, ik weet niet voor hoe lang.

En de artsen willen niet dat ik naar buiten ga. Ze zeggen dat het te koud is en dat mijn gezondheid niet goed genoeg is. Ik zal ze gehoorzamen.

Dus beloof me, je vertelt het me als er met Kerstmis rozen liggen?

Je bent lief,

Louis

26 december


Vrolijk Kerstfeest Louis!

(u vindt het vast wel goed hè, dat ik u Louis noem)

Ik zal u onmiddellijk geruststellen, er lagen inderdaad rozen onder de plaat. Om te voorkomen dat ze zouden lijden onder de kou waren ze in een soort plastic stolp verpakt. Ik heb iets gedaan waarvan ik hoop dat u er tevreden over zult zijn. Voor de mis met Kerstmis ben ik naar de Notre-Dame gegaan. Ik weet dat het niet erg origineel is, maar het is er zo mooi. Voordat ik de kerk weer uitging, heb ik in de kleine kapel rechts als je binnenkomt, een mooie kaars gekocht en die speciaal voor Frédéric aangestoken. U zult me misschien kinderachtig vinden, maar ik heb gehuild. Niet erg, niet meer dan een of twee tranen. Ik vind het zo'n intens trieste gedachte dat zoveel jonge mensen gestorven zijn en vergeten worden. Op deze manier zal Frédéric tenminste niet worden vergeten. Morgen ga ik kijken hoe ver de kaars is opgebrand. Een priester die daar aanwezig was, zei dat zo'n kaars wel enkele maanden kon branden. Ik vertelde hem voor wie ik de kaars had aangestoken en hij heeft hem gezegend.

Maar als u niet naar buiten kunt vanwege de kou, zult u deze brief zeker nooit ontvangen?

Veel liefs,

Emma

28 december

Emmalief,

Uiteindelijk ben ik niet al te lang in het ziekenhuis gebleven.

Ze hebben allerlei onderzoeken gedaan en zo, maar goed, het is nog niet afgelopen met me...

Ik heb je brief ontvangen. Ik was erg ontroerd door wat je gedaan hebt in de Notre-Dame.

Ik weet niet waar Frédéric zich nu bevindt, maar ik weet zeker dat hij je heeft gadegeslagen toen je die kaars voor hem aanstak.

Weet je, hij was 19 toen hij stierf. Dat is nu al erg lang geleden.

Ik ben nu een eenzame oude man. Frédéric was heel gelovig.

Meer dan ik in ieder geval. Hij zou de mis niet graag gemist hebben.

Nou ja, ik wil je niet lastigvallen met mijn verhalen. Het is bijna het eind van het jaar.

Jij gaat dansen, of wat je ook doet als je jong bent. Dat is goed.

Gelukkig Nieuwjaar, lieve Emma,

Louis

1 januari

Gelukkig Nieuwjaar Louis,

Ik voel me gerustgesteld nu ik weet dat het u goed gaat en u weer thuis bent. U zult me toch eens moeten vertellen waar u woont, zodat ik u kan komen bezoeken. Ik zou graag uw hele geschiedenis kennen, weten hoe Frédéric gestorven is. En het zou helemaal goed zijn als u me alles mondeling zou kunnen vertellen. Thierry heeft me gisteravond gezoend. Eerst was het alleen om me gelukkig Nieuwjaar te wensen, maar de kus duurde iets langer dan de bedoeling was. Hij is erg aardig. Ik geloof dat ik verliefd ben. Een beetje tenminste. Eerlijk gezegd, weet ik het niet zo goed. We zien wel. Hij werkt bij de televisie, als informaticatechnicus. Hij zei dat als ik dat wilde, hij me kon meenemen om de studio's te bezichtigen. Ik denk dat ik het doe. Het lijkt me heel leuk om te zien hoe dat in zijn werk gaat bij de televisie. Kijkt u graag tv?

Ik heb chocolaatjes voor u gekocht. Ik zal ze samen met mijn brief aan de plaat hangen. Ik hoop dat niemand ze steelt.

Een knuffel,

Emma

3 januari

Beste kameraad,

De afdeling van het V$^{de}$ arrondissement en ik willen u onze beste wensen aanbieden voor het nieuwe jaar. Ik zou u nogmaals willen herinneren aan het feit dat een groep oud-strijders elke dinsdag, woensdag en donderdag van 14.00 tot 17.00 uur bijeenkomt in het raadhuis, Place du Panthéon, bureau 112, 1$^e$ etage, gebouw C. Klop aan en wij zullen voor u opendoen. Aarzel niet om ons gezelschap te komen houden, we zijn altijd erg verheugd om nieuwe kameraden te kunnen begroeten.

In afwachting van onze kennismaking, verblijf ik, met vriendelijke groet,

Kolonel (B.D.) Jacques Gardette

29 januari


Bonjour Louis,

Elke ochtend als ik naar mijn werk ga maak ik een kleine omweg om te zien of er een brief op me wacht achter de gedenkplaat van Frédéric. Het is nu een vaste gewoonte, er is een heel aardige zwerver die me elke keer goedendag wenst! Maar ik heb nu al een maand niets van u gehoord, ik maak me een beetje ongerust.

Als u maar niets is overkomen! Met mij gaat alles goed. Ik weet het nu zeker, ik ben verliefd op Thierry. En Sylvie, zijn zus en mijn beste vriendin, heeft me verteld dat hij echt van me houdt. Het kan dus zijn dat ik ga trouwen!

Het is op het ogenblik erg koud in Parijs. Het zou me niets verbazen als het vandaag of morgen gaat sneeuwen. Kunt u naar buiten?

In een van uw eerste brieven schreef u dat
Frédéric verraden is. Weet u ook door wie?

Hartelijke groeten,


Emma

3 februari


Dit kan echt niet meer!

Als u zo doorgaat, bel ik de politie. Ik heb niets met al dat gedoe te maken.
De papiertjes die mijn muur vuilmaken gooi ik weg, en daarmee uit.
Bedankt.
De woedende conciërge van 149...

## 12 februari

Beste Jean-Luc,
Even een berichtje om je een gunst te vragen. Ik heb je verteld over mijn vriendin, Emma. En, stel je voor, er is haar iets heel raars overkomen. Al langer dan zes maanden correspondeert ze met iemand die ze niet kent. Hij is in de 80, we weten alleen dat hij Louis heet en dat hij de beste vriend was van een zekere Frédéric de Bois-Léger, die op 21 augustus 1943 door de Duitsers is gedood. Emma plakt de brieven aan hem op de marmeren gedenkplaat op de plek waar zijn vriend is neergeschoten. En de oude man geeft haar op dezelfde manier antwoord.

Ik weet dat je een oud-leerling bent van het Stanislas. En dankzij de oude man weten we dat Frédéric de Bois-Léger dat ook was en dat hij in 1943 19 jaar was. Denk je dat je zijn familie zou kunnen opsporen aan de hand van de lijst van oud-leerlingen of zoiets?

Hartelijke groeten,

Thierry

15 februari


Emmalief,

Het doet me altijd plezier van je te horen.

Dus zomaar ineens ga je trouwen? Haast je niet, je bent nog jong.

Als die Thierry werkelijk van je houdt, zal hij de nodige tijd kunnen wachten.

Ik heb gezien dat er bloemen lagen op de boulevard Saint-Michel. Weer van jou?

Voel je nergens toe verplicht. Maar lief is het wel.

Je vraagt me wie Frédéric verraden heeft. Eerlijk gezegd weet ik niet wie hem heeft aangegeven. Mijn moeder heeft gezien hoe hij is neergeschoten. Ze was op weg naar huis nadat ze in de rij had gestaan bij de prefectuur voor een verlenging van haar vergunning voor de kruidenierszaak. Ze heeft alles gezien en het mij verteld. Hij wandelde rustig naar de Seine, op het trottoir aan de rechterkant. Het was ongeveer 11 uur 's ochtends. Twee Duitsers in burger zijn hem van achteren genaderd. Ze grepen hem elk bij een arm om hem tot staan te brengen. Toen trokken ze zijn schoenen uit, en in de zool van de rechterschoen vonden ze een stukje papier. Ik weet niet wat er op dat papier stond. Waarschijnlijk een bericht voor het verzet. Het is Frédéric gelukt zich los te rukken. Hij probeerde te ontsnappen. Hij was nog geen twee meter ver gekomen toen een van de Duitsers een pistool tevoorschijn haalde en twee kogels in zijn rug schoot. Frédéric was op slag dood. En de twee Duitsers vertrokken weer en lieten hem op het trottoir achter. Badend in het bloed.

Het is walgelijk. Echt waar. Hij was pas 19. Een jongen nog.

Neem me niet kwalijk dat ik me zo opwind, maar ik heb dit nooit kunnen vergeven.

Vreemd je dit te vertellen.

Louis

27 februari

*Deze woorden zijn gericht aan*
*een ieder die ze kan lezen*

Wij wonen zo'n 300 meter van deze gedenkplaat vandaan, en komen er elke dag langs. We zijn geen Parijzenaars van geboorte. Ik kom uit de Vendé, en mijn vriendin uit Quebec. De vriendschapsband die hier is ontstaan tussen mensen die elkaar misschien nooit zullen ontmoeten, heeft ons verzoend met deze stad! We hebben diverse keren bloemen neergelegd, het is onze manier om deel te nemen.

Dat we hebben besloten deze paar woorden te schrijven is omdat we u willen bedanken voor het geluk dat u ons schenkt. Al is het onopzettelijk.

Uit de grond van ons hart bedankt.

Paul Duverney en Marie-Claire Devaud

3 maart


Beste Paul,
Beste Marie-Claire,

Ik ben zo blij dat ik eindelijk weet wie jullie zijn. Ik heb gezien dat ik niet de enige was die een bloemenhulde bracht bij deze gedenkplaat. Ik weet zelfs dat er bloemen bij zijn van de bloemist uit de Rue de l'Observatoire. Die zijn eind van de zomer besteld door een Duitse toerist. Ik denk dat jullie de hortensia's hebben neergezet. In ieder geval is het allervriendelijkst om even stil te staan bij de gedachte aan de jongen die op zo'n onrechtvaardige wijze de dood heeft gevonden. In feite was de man die dit alles op gang heeft gebracht de beste vriend van Frédéric de Bois-Léger. Hij heet Louis, ik vermoed dat hij in dit quartier woont, omdat hij de brieven komt afhalen die ik hem schrijf. Maar hij blijft heel terughoudend. Hij zal ongetwijfeld zijn redenen daarvoor hebben.

Ik zou jullie graag willen ontmoeten om erover te praten. Als het schikt, kunnen we op een avond tegen zes uur, als ik uit mijn werk kom, afspreken in een café aan de boulevard.

Tot gauw, hoop ik.


Emma

(als jullie een afspraak willen maken, laat dan een briefje achter op de muur)

5 maart


Bonjour Louis,

Ik voelde me zo bedroefd na het lezen van uw laatste brief.

Niet omdat u me geschreven hebt, integendeel, dat doet me altijd plezier. Maar de gedachte aan die arme Frédéric, die probeerde te ontsnappen toen de Duitsers hem te pakken hadden... Het idee dat ze hem in de rug hebben geschoten en toen op het trottoir hebben laten liggen, is weerzinwekkend. Hoe kan iemand zoiets doen? Zelfs al had hij een bericht in zijn schoen verborgen, dan is dat nog geen reden.

U moet wel heel erg van streek zijn geraakt door zoiets afgrijselijks. Hebben ze hem tenminste een waardige begrafenis kunnen geven?

Het spijt me verschrikkelijk dat ik zoveel nare herinneringen bij u wakker schud, maar nu voel ik me erbij betrokken. Terwijl ik u nog niet eens echt ken.

Frédéric moet beslist een goed mens zijn geweest. Een held, dat is zeker. En het is fantastisch te weten dat u zo'n trouwe vriend bent.

Het ga u goed.

Met oprechte genegenheid,

Emma

23 maart

Emmalief,

Weldra wordt het lente. Je bent jong, je zult genieten van de zon, de bloemen en de vogels. Geniet van het leven zolang je nog geen zorgen hebt. Voor mij is alles altijd hetzelfde. Ik denk na over het verleden. En dat is niet altijd even prettig.

Toen Frédéric stierf, was ik er niet. Ik weet niet of ik iets had kunnen doen. Mijn moeder heeft mijn vader gewaarschuwd, die hollend uit de winkel kwam. Ze hebben een deken over het lijk gelegd in afwachting van de komst van de politie. Ze waren erg bang, daar moet je begrip voor hebben. Men zei zelfs dat je beter niets kon doen, om je geen moeilijkheden op de hals te halen. Ik was geen dappere verzetsman. Niet echt.

Die dag was ik in de Halles om brood te halen voor de kruidenierszaak.

Maar er was geen brood. Zoals gewoonlijk.

Toen ik terugkwam, begreep ik dat er iets mis was. Mijn moeder huilde en vertelde me dat Frédéric door de Duitsers was doodgeschoten. Ze vertelde me alles. Ik ben naar het lyceum gerend, om Florence, zijn verloofde, op de hoogte te stellen. Maar ze zeiden dat ze vertrokken was. Het vreemde is dat ze zelfs de begrafenis niet heeft bijgewoond. Ik vind het niet normaal dat je je niet laat zien op de begrafenis van je verloofde. Misschien wist ze niet wat er gebeurd was. We zullen het nooit weten.

Geniet van het leven en van je geliefde.

Louis

26 maart

Bonjour Louis,

Als ik uw brieven lees, ben ik tegelijkertijd blij en bedroefd. Ik ben blij omdat ik graag iets van u hoor. Maar ik ben bedroefd omdat de geschiedenis van Frédéric zo droevig is. Ik wist niet dat zijn verloofde niet op de begrafenis kon komen. Dat is afschuwelijk. Misschien is het mogelijk haar op te sporen. Het kan zijn dat ze nog leeft. En dat ze getrouwd is, grootmoeder is, en zo.

We moeten iets doen. Weet u haar achternaam nog?

Emma

29 maart

Bonjour Emmalief,

Wat Florence betreft, ik herinner me haar naam niet. Het is al zo lang geleden.

En ik noemde haar nooit anders dan Florence... Ze was erg mooi, met haar dat gekapt was volgens de mode van die tijd.

Maar ik zou je niet kunnen vertellen hoe dat kapsel er precies uitzag.

Ik heb nooit erg goed met vrouwen kunnen praten.

Als ze nog leeft, is ze veranderd, dat staat vast. Zoals iedereen.

Ik weet niet of ik haar zou herkennen.

Ze moet nu trouwens wel grootmoeder zijn.

Het doet me veel verdriet, weet je, aan dat alles terug te denken.

Maar jij bent erg lief.

Louis

9 april


VAN: JEAN-LUC

AAN: THIERRY

ONDERWERP: RE: ONDERZOEK OUD-LEERLING STANISLAS

Hallo Thierry,

Je verhaal over oud-strijders heeft me een verdomde hoop werk gekost. Het was gemakkelijk genoeg om Frédéric de Bois-Léger te vinden in de klassenlijst van voor de oorlog. Hij was op Stan' van 1934 tot 1937. Ik heb zelfs zijn rapporten teruggevonden. Hij was niet direct wat je noemt een goede leerling, die vriend van je. Meer een vaste klant van de tuchtraad. Eén keer haalde hij het in zijn hoofd het hek bij de ingang blauw-wit-rood te schilderen voor 11 november. Hij moest zijn kerstvakantie doorbrengen op Stan' met de conciërge...

Het probleem was zijn ouders terug te vinden. Ze woonden in de Rue d'Assas 28, tegenover de katholieke universiteit. Maar geen spoor van hen na de oorlog in de archieven van Stan'.

Toen heb ik alle telefoonnummers gebeld die ik in het telefoonboek op internet heb kunnen vinden van Rue d'Assas 28. Niemand weet wat er geworden is van de Bois-Légers.

Ten slotte heb ik alle telefoonboeken van alle departementen van Frankrijk een voor een aangeklikt op internet. En, bingo!, ik heb zijn broer gevonden:

Raoul de Bois-Léger,

22, Chemin des Oliviers

38240, Meylan.

Ik heb zelfs zijn telefoonnummer: 04 76 80 xx xx. Ik heb hem gebeld, hij kwam nogal sympathiek over. Hij vertelde me dat hij de jongste broer was van Frédéric. Ik heb hem jouw verhaal verteld. Hij kan zich geen Louis herinneren. Maar je kunt hem bellen, ik heb hem gezegd dat je dat zou doen;

Hartelijke groeten,

Jean-Luc

9 april


VAN: THIERRY

AAN: EMMA

OPNDERWERP: RE: ONDERZOEK OUD-LEERLING STANISLAS


Liefste,

Hierbij stuur ik je de correspondentie met Jean-Luc. Hij heeft zijn uiterste best gedaan. Zoals je zult zien, heeft hij Raoul opgespoord, de jongste broer van Frédéric. Zodra je thuis bent vanavond, zullen we hem samen bellen.

XX tot straks

Ik hou van je

Thierry

14 april


Emma,

Het spijt ons heel erg dat het zo lang geduurd heeft voor je antwoord van ons krijgt, maar we hadden het zo verschrikkelijk druk met onze studie. De eindejaarsexamens naderen met rasse schreden... Als je ons nog steeds wilt ontmoeten, laten we dan afspreken op woensdagavond 19 april om zeven uur in de Whitney Pub, 39 Rue Monsieur-le-Prince. Je zult ons gemakkelijk genoeg herkennen, we hebben allebei een muts op.

Paul en Marie-Claire

17 april


Doe me een lol,

Het is allemaal erg leuk en aardig wat u doet,
maar ik ben altijd degene die de verdorde bloemen
en de papieren moet opruimen. Als u niet wil dat
ik de politie bel, zult u de hele boel moeten
schoonmaken. En gauw.

Bedankt.

De conciërge van 149.

18 april

Cher Monsieur,

Ik ben docent Frans in Duitsland, misschien herinnert u zich nog de brief die ik u heb doen toekomen aan het eind van afgelopen zomer. Tijdens onze terugreis naar Ravensburg hebben mijn dochters me herhaaldelijk ondervraagd over de briefwisseling en de bloemen, waaraan ik op een spontane manier heb deelgenomen. Dat heeft me de kans gegeven om met hen te praten over hun grootvader, die al een tiental jaren geleden gestorven is, en de rol die hij heeft gespeeld als tolk bij de Duitse ambassade in Parijs tijdens de bezetting van uw land door de troepen van het Derde Rijk. Zoals zoveel kinderen en tieners van hun leeftijd, hebben ze soms moeite het ware van het onware te scheiden wat die o zo benarde tijd betreft.

Als u me toestaat een uiterst charmante idio-
matische Franse uitdrukking te gebruiken, heb ik
op die manier de klok kunnen bijstellen, 'remettre
les pendules à l'heure'. Want hun grootvader, zoals
u wel zult vermoeden, was in geen enkel opzicht een
fanaticus, integendeel. Hij was een estheet, een fat-
soenlijk mens, in de zin die men daaraan gaf in de
achttiende eeuw. Een liefhebber van Frankrijk die
tegen wil en dank werd meegesleurd in de wervel-
wind van de geschiedenis...

Dat stimulerende gesprek met mijn dochters
heeft me op het idee gebracht een reis naar Parijs te
organiseren met mijn leerlingen, om hen in staat te
stellen het nuttige met het aangename te verenigen
door te profiteren van de charmes van uw weerga-
loze stad en tegelijk hun beheersing van de Franse
taal te perfectioneren en hun gedachten te laten
gaan over het belang van de geschiedenis. Vanzelfsprekend hebben we het Louvre bezocht. Wie
niet door zijn zalen heeft gedwaald heeft niets
gezien van Parijs. Op hun aandringen - ze zijn tussen de 17 en 19 jaar, ze moeten zich ontspannen, dat
zult u met me eens zijn - hebben we ook de Eiffeltoren eer bewezen. En ik moet bekennen dat ik veel
genoegen heb beleefd aan de rit met de lift naar de
derde etage. Van het Louvre naar de Eiffeltoren, wat

een adembenemende samenvatting van het Franse genie... Vervolgens heb ik ze meegenomen naar het kasteel van Versailles, een bezoek waarbij ze zich tot mijn stomme verbazing enorm vermaakt hebben. Het deed hen denken aan die Amerikaanse film waarvan het scenario grotendeels draait om het privéleven van Marie-Antoinette. O tempora, O mores...

De derde dag van onze reis zou gewijd worden aan de ontdekking van het Parijs dat ik als 'gewoon' zou willen betitelen. We hebben de metro genomen en een paar keer de bus, om doordrongen te worden van die speciale sfeer die men slechts in uw hoofdstad vindt. Na hun te hebben verteld over mijn belevenissen tijdens mijn vorige verblijf, was ik van plan verder te gaan tot het metrostation Odéon, het kruispunt van de lijnen 4 en 10. Toen we de wandeling door de Jardins du Luxembourg achter de rug hadden, moet ik bekennen dat ik nogal huiverig was om hen mee te nemen naar boulevard Saint-Michel 149. Want ik kon er allesbehalve zeker van zijn dat de uitwisseling van brieven nog steeds plaatsvond, en er door onbekenden nog steeds bloemen werden neergelegd en dagelijks verzorgd.

Gelukkig vond ik de plek terug zoals ik die in mijn geheugen had: een handvol berichten bovenaan de marmeren gedenkplaat die daar was aangebracht ter herinnering aan wijlen Frédéric de Bois-Léger, een paar bossen bloemen, voornamelijk rozen en tulpen. En een berichtje van uw hand, nog altijd even ontroerend...

Sprekend over emotie: twee van mijn jeugdige leerlingen, Caroline Reichle en Ulrike Meier, hebben hun steentje willen bijdragen. Ze vroegen me toestemming om bloemen te kopen bij het stalletje naast de uitgang Saint-Michel van de regionale métro express. Een toestemming die ik natuurlijk van ganser harte heb gegeven. Denkt u zich eens in, cher Monsieur: ons groepje dat op pad ging om een menigte kleine boeketjes te kopen en terugkwam om ze aan de voet van de muur te leggen. Het was een fantastisch schouwspel. En ik kan u verzekeren dat geen van de jonge Duitsers die hier bijeen waren, de symbolische betekenis van dit gebaar is ontgaan.

Zolang onze bescheiden plechtigheid duurde hoopte ik, vergeefs, de eer en het voorrecht te hebben u bij die gelegenheid te ontmoeten. Maar u wordt ongetwijfeld in beslag genomen door andere bezigheden.

U kunt ervan overtuigd zijn, Monsieur, dat de herinnering aan uw vriend Frédéric de Bois-Léger elk van ons bij zal blijven als we terugkeren naar de andere kant van de Rijn. En ik zal me ervoor inzetten dit een traditie te maken op onze school.

Met gevoelens van hoogachting en genegenheid,

Heinz Wölf
PeterStrasse 11
Ravensburg, Duitsland

PS: Vergeef me dat ik dit mooie beeld bezoedel, maar ik betreur slechts één ding. De op zijn minst verbijsterende houding van de conciërge van het gebouw aan de boulevard Saint-Michel 149, die plotseling tevoorschijn kwam als een Wagneriaanse demon, gewapend met een grote bezem, die ze hanteerde zoals de dood zijn gesel, om ons met duizend-en-een dingen te bedreigen als we onze bloemen zouden neerleggen. In een poging haar gerust te stellen over onze goede bedoelingen, heb ik getracht haar uit te leggen dat we uit Duitsland kwamen om Frédéric eer te bewijzen. Waarop haar antwoord luidde (en sta mij toe dit tussen betreurenswaardige aanhalingstekens te plaatsen): 'Ik doe niet aan politiek, duvel op met je bloemen.' Ik denk dat die arme vrouw weinig gevoel heeft voor de toenadering tussen de volken.

20 april


Bonjour Louis,

Ongelooflijk! Dankzij u heb ik nieuwe vrienden
gemaakt. Paul en Marie-Claire. Zij zijn het die de
rozen en de hortensia's hebben gebracht. Ze studeren rechten en wonen in een studio in de Rue
Monsieur-le-Prince. We hebben elkaar leren kennen door het schrijven van briefjes op de muur. We
hadden afgesproken in een café. Omdat ik een
beetje huiverig was om onbekenden te ontmoeten,
had ik Thierry gevraagd met me mee te gaan. Ze
droegen een muts zodat ik ze zou kunnen herkennen. U weet wel, die mutsjes van zangers die je op
de televisie ziet. Ik zou er nooit een op kunnen zetten. Ik denk dat ik er belachelijk uit zou zien met
een muts. Hen staat het echter goed. Paul komt uit

La Rochelle en Marie-Claire uit Canada, maar ze heeft bijna geen accent. Ze vertelden dat ze willen trouwen zodra ze afgestudeerd zijn. Ze willen advocaat worden voor organisaties als Greenpeace en zo.

Ze vroegen me hun het hele verhaal te vertellen van Frédéric. Eigenlijk weet ik er niet veel van. Ik heb hun uitgelegd hoe hij gestorven is. We realiseerden ons dat hij jonger was dan wij. We vonden dat we iets moesten doen. Maar wat? Weet u heel zeker dat u niet wilt dat ik u kom opzoeken? Niet per se bij u thuis, we kunnen elkaar ontmoeten in een café.

Nou ja, de beslissing is aan u.

Liefs,


Emma


Dat zou ik haast nog vergeten! Thierry helpt me bij mijn bescheiden speurtocht naar de familie van Frédéric. En het schijnt ons te zullen lukken. Ik zeg er nu verder niets over, ik wil dat het een verrassing blijft als alles gaat zoals ik hoop...

22 april


Emma,

Ik lees je brieven met veel genoegen.

Ze doen me denken aan de tijd dat ik nog jong was.

Ik weet niet of we elkaar kunnen ontmoeten. Het is nogal gecompliceerd, zie je.

In ieder geval is het zeker dat het bij mij thuis niet mogelijk is.

Wie weet, zul je het op een dag begrijpen...

Wat het café betreft, we zullen zien.

Je zegt dat je iets wilt doen voor Frédéric. Maar omdat hij al langer dan zestig jaar dood is, valt er niets te doen.

Soms houd ik me voor dat het nergens toe dient om het verleden te willen oprakelen. Je moet het je alleen herinneren, niet vergeten. Nooit.

Ik ben blij dat het mooi weer gaat worden.

Tot gauw.

Louis

28 april



VAN: THIERRY

AAN: JEAN-LUC

ONDERWERP: RE: RE: ONDERZOEK OUD-LEERLING
STANISLAS


Gegroet, Jean-Luc,

We zijn er eindelijk in geslaagd telefonisch contact te krijgen met degene wiens nummer je hebt opgespoord. Hij was met de paasvakantie in de Midi...

Niet erg spraakzaam, eerlijk gezegd, maar sympathiek. Helaas hebben we niet veel uit hem kunnen krijgen. Maar hij herinnerde zich de naam van de verloofde van zijn broer: Florence Deroi, of Delois, of iets in die trant. Hij zei dat ze in hetzelfde gebouw woonde als zij, Rue d'Assas. Maar hij weet niet waarom ze niet op de begrafenis is geweest. Hij was in '43 pas negen jaar, ze hebben hem toen niets verteld.

Nogmaals bedankt. Emma is blij dat we vorderingen maken.

Hartelijke groet

Thierry

28 april

Als u langs dit gebouw komt, bedank dan even Frédéric de Bois-Léger.

Hij is door de Duitsers in de rug geschoten. Hij was mijn bete vriend.

Hij was 19.

Vandaag is het mooi weer, de zon is terug, u bent van plan zich te amuseren en een prettige tijd te hebben.

En u hebt gelijk. Maar vergeet nooit dat het mensen zijn als Frédéric die het mogelijk hebben gemaakt dat we vrij zijn.

29 april

Bonjour Louis,

Briljant!

Dankzij een vriend van Thierry hebben we de jongste broer van Frédéric kunnen opsporen. Hij heet Raoul, hij is nu 70, hij woont dichtbij Grenoble, en we hebben hem opgebeld. Hij was 9 toen zijn broer stierf, en hij weet nog heel goed hoe zijn moeder gilde en instortte op de dag waarop hij gedood werd. We hebben hem gevraagd of hij u kende, maar hij herinnert zich niet veel van die tijd. Als je het mij vraagt heeft hij de oorlogsjaren een beetje weggedrukt.

Werkelijk super is dat hij zich herinnert dat de verloofde van Frédéric in hetzelfde gebouw woonde als zij. Ze heette Florence, maar dat wisten we al. De achternaam is minder zeker. Misschien Deroi.

Ik zet mijn speurtocht voort in de Rue d'Assas 28 en ik zal u op de hoogte houden.

U hebt geen idee hoe druk ik ermee ben. Ik voel me een soort speurhond, maar moet tegelijkertijd denken aan die arme Frédéric, die zo jong gestorven is. U ziet, het is nu bijna alsof ik hem gekend heb.

Tot gauw, Louis, en vertel me wanneer u zover bent dat u me wilt zien.

Liefs,
Emma

2 mei

Bonjour Monsieur,

Ik zit in de derde klas van het Lycée Montaigne. Sinds de school weer begonnen is, zie ik de brieven aan de muur tegenover me. En ik moet voor mijn geschiedenisleraar een verslag maken over 8 mei 1945 en het eind van de oorlog. Ik dacht dat het een goed idee zou zijn als u ons kon komen vertellen hoe het in Parijs was toen de Duitsers er waren.

Ik weet niet wie u bent, maar u schijnt er alles van te weten. Als u me wilt antwoorden, hoeft u slechts een briefje te plakken op de muur, geadresseerd aan Florian. Of u kunt een sms sturen naar 06 71 xx xx xx.
Bij voorbaat mijn dank.

Florian Deneuf

4 mei


Florian, m'n beste jongen,


Het is heel aardig van je om belangstelling te tonen voor de verhalen van mensen van mijn leeftijd.

Maar ik kom niet naar je school. Het valt me te moeilijk mijn oude herinneringen in het openbaar te vertellen. Weet je, ik was in het begin van de oorlog niet veel ouder dan jij. Het was een beroerde tijd.

Dus ik kom niet naar je school, maar als je je verslag schrijft, zou ik je willen vragen te denken aan al die mensen die zijn gestorven in het verzet.

Dank je.

Louis

7 mei

Jongeman,

Ik vertegenwoordig de afdeling oud-strijders van het V$^{de}$ arrondissement. We komen elke dinsdag, woensdag en vrijdag van 14.00 tot 17.00 uur bijeen in het raadhuis, Place du Panthéon, bureau 112, 1$^e$ etage, gebouw C.

Je bent van harte welkom als je ons samen met je vrienden wilt komen bezoeken. We zijn vanzelfsprekend bereid een lezing te geven op je school.

En vergeet niet dat het morgen 8 mei is, de gedenkdag van de Duitse capitulatie. Houdt ons in groten getale gezelschap onder de Arc de Triomphe voor de officiële plechtigheid die om 11.00 uur een aanvang neemt. Een goede raad, jonge vriend, probeer een uur van tevoren te komen om zeker te zijn van een goede plaats.

In afwachting van onze kennismaking, waarde jeugdige burger, zend ik je mijn beste wensen.

Kolonel (B.D.) Jacques Gardette

Van Florence Deboise-Lavergne
Aan Mademoiselle Emma Chatrier

Bourges, 12 mei 2006

Mademoiselle,

De concierge van Rue d'Assas 28 heeft me uw brief overhandigd. Mijn familie is nog eigenaar van een appartement in dit gebouw, ook al wonen wij er al jaren niet meer.

Wat een verrassing om uw brief te lezen... Na al die jaren dacht ik dat deze geschiedenis definitief tot het verleden behoorde. Ik heb me dus kennelijk vergist.

Ik meen in staat te zijn het grootste deel van uw vragen te beantwoorden.

Ja, ik was verloofd met Frédéric de Bois-Léger. We kenden elkaar al sinds onze kindertijd, want we zijn in dezelfde straat opgegroeid. Ik was 17 en hij 18 toen hij me vroeg met hem te trouwen. Ik heb ja gezegd. We waren nog erg jong, maar volkomen zeker van onze liefde voor elkaar. Het is duidelijk dat zijn aanzoek geheim moest blijven, althans tot Frédéric meerderjarig was.

U zult dit heel ouderwets vinden, maar in die tijd dachten wij er niet over elkaar zelfs maar te kussen. Elkaars hand vasthouden was voldoende om ons gelukkig te voelen. Toen ik 18 was, ging hij naar mijn vader om hem officieel om mijn hand te vragen. Mijn ouders waren verbaasd, maar het elan van die briljante jongeman was zo groot dat ze niet anders konden dan de waarheid onder ogen zien. Vanwege de tuberculose die hij na zijn kindertijd had opgelopen hoefde Frédéric niet in dienst. Hij ging in die onrustige tijd op zijn chaotische wijze medicijnen studeren, een studie die hij helaas niet heeft kunnen afmaken.

Met mijn en zijn ouders was overeengekomen dat we konden trouwen zodra hij coassistent was. Maar enkele maanden later werd er helaas anders beslist door de oorlog en diens onverbiddelijke logica...

Frédéric sloot zich al heel jong aan bij het verzet. Hij had er moeite mee dat hij niet kon vechten, dus dacht hij voortdurend aan een oversteek naar Londen. Maar misschien uit liefde voor mij, in ieder geval uit liefde voor Parijs, zo niet voor Frankrijk, bleef hij in de Rue d'Assas. Zijn status als student verschafte hem een zekere bewegingsvrijheid in de stad. Derhalve moest hij voor zijn groep onophoudelijk berichten overbrengen tussen de leiders. Een zeer belangrijke en gevaarlijke activiteit, maar Frédéric was zich ten volle bewust van de risico's. Ik was de enige in zijn omgeving die de waarheid kende over zijn geheime missies. Ik diende zelfs als zijn alibi. Volgens zijn ouders en alle buren hadden zijn escapades maar één doel: heimelijk mijn gezelschap opzoeken. Iets waarvoor iedereen de ogen dichtkneep. In die moeilijke tijden was de moraal wel tegen een stootje bestand. Noodgedwongen had Frédéric me dus op de hoogte gesteld van zijn geheime opdrachten. En zo ben ik langzamerhand zijn dekmantel geworden.

Zonder het te willen nam ik op mijn beurt ook deel aan het verzet. Weliswaar op zeer bescheiden manier. Maar toch voldoende om me op heel reële wijze in gevaar te brengen. Ik wil niet ingaan op langdradige details, maar alleen vertellen dat we een algemeen alarmsysteem hadden bedacht voor het geval een van ons in gevaar verkeerde. En op 21 augustus is het ergste wat me kon overkomen, gebeurd. Ik werd halverwege de middag op school gewaarschuwd door een surveillante, die een anoniem telefoontje voor mij had gekregen. Het bericht was gecodeerd, maar liet geen enkele twijfel bestaan, ik moest onmiddellijk weg uit Parijs. Ik voelde direct dat Frédéric was opgepakt door de Duitsers.

We hadden lang over die mogelijkheid gesproken sinds ik een onzeker leven begon te leiden. We hadden gezworen dat we niet zouden proberen de ander te redden, wat vergeefs zou zijn geweest, maar zo snel mogelijk zouden vluchten. En verder te leven. Of te overleven. Dat heb ik dus gedaan toen ik Parijs met de trein verliet en naar mijn grootouders in Chartres ging.

Daar heb ik in angst geleefd en een afschuwelijke tijd en slapeloze nachten doorgemaakt. Zonder nieuws van Frédéric. Ik wilde me niet verzoenen met het onvermijdelijke. Pas op 4 september ontving ik een gecodeerde brief van een lid van onze groep. Dat bericht maakte een weduwe van me nog voordat ik getrouwd was. Hij berichtte me ook dat de man van wie ik hield twee dagen tevoren was begraven. Zonder dat ik zijn begrafenis had kunnen bijwonen.

Pas na de bevrijding ging ik terug naar Parijs.

Ik ging onmiddellijk op bezoek bij de ouders van Frédéric. Ze waren ontroostbaar, zoals u zich zult kunnen voorstellen. Ze smeekten me niet meer terug te komen. Hun verzoek was aanvankelijk een schok voor me. Het heeft een tijdje geduurd voor ik begreep dat ze me wilden beschermen. Ik moest mijn gedachten bepalen bij het leven, mijn toekomstige leven. Ik ben één keer naar Frédérics graf gegaan. Ik heb met hem gepraat. Heel lang. Daarna ben ik teruggekeerd naar Chartres. En daar heb ik een onder de omstandigheden zo normaal mogelijk leven geleid. Een paar jaar later ben ik getrouwd. Ik heb kinderen gekregen.

Ik ben gelukkig geweest. Maar er gaat geen dag voorbij zonder dat ik aan Frédéric denk. O, niet urenlang. Meestal is het niet meer dan een vluchtige impressie. Een flits, zoals mensen van uw leeftijd zeggen. Hij is bij me, hij heeft me nooit verlaten. Ik zou zelfs willen zeggen dat hij me heeft bijgestaan.

Zo, nu kent u mijn hele geschiedenis. Die is zowel triest als gelukkig. Gelukkig omdat ik het voorrecht heb gehad Frédéric te leren kennen, van hem te houden. En vooral omdat God me heeft toegestaan er overheen te komen.

Ik ben u dankbaar dat u zich zo voor het verleden interesseert. Het is goed dat de jonge generaties zich de mannen en vrouwen herinneren die, op hun leeftijd, hun leven hebben gegeven voor een ideaal.

Frédéric was een van diegenen. En zelfs al heeft het lot anders beschikt, hij behoorde tot het kaliber mensen wier namen zijn opgenomen in de geschiedenis en wier leven wordt onderwezen op de scholen. Denk niet dat ik hem mooier afschilder dan hij was. Het was voldoende hem in de ogen te kijken om te voelen dat hij vervuld was van ideeën, weliswaar soms verward, maar van een grootsheid die geheel los stond van zijn jeugdige leeftijd. Vaderlandslievend, humaan, onstuimig, Frédéric was op zijn negentiende een voortreffelijk, compleet mens. Zijn offer, het woord is niet overdreven, zuivert in mijn ogen heel wat compromissen waarvan ik in die tijd getuige ben geweest. De bezetting is een periode waarvan ons land zich pas na jaren zal kunnen herstellen. Niets was wit, niets was zwart, een ieder zal zijn eigen waarheid moeten vinden tussen collaboratie, passiviteit en verzet. Aan u, de jonge generaties, valt de moeilijke taak ten deel te begrijpen, rustig te oordelen, met milde blik... En, helaas, wellicht op een dag de fakkel uit de hand van Frédéric te moeten overnemen. Vergeef me mijn pessimisme, maar ik heb te lang geleefd om te durven geloven dat de mensen de fouten van het verleden niet zullen herhalen. Het verzet is niet gestorven bij de bevrijding. Het leeft in ieder van ons.

Met vriendelijke groeten,

Florence Deboise-Lavergne

PS. Hoe onnadenkend van me! U vraagt me of ik me een zekere Louis herinner die de beste vriend van Frédéric zou zijn geweest. Dat moet Louis Préaumont zijn. Hij woonde in de buurt van het Panthéon, zijn ouders hadden een kruidenierszaak. Na 21 augustus 1943 heb ik nooit meer iets van hem gehoord. Ik kan u dus niet veel hulp bieden, maar zoekt en gij zult vinden.

13 mei


Louis,

Ik moet u absoluut spreken. Vertel me alstublieft waar u woont. Ik heb zojuist een lange brief ontvangen van Florence. Ja, u hebt het goed gelezen, de verloofde van Frédéric. Ze woont niet meer in Parijs. Ze heette Florence Deboise, die naam moet u toch wel iets zeggen. In ieder geval herinnert zij zich u nog heel goed.

Ik smeek het u, Louis... Daarna zal ik u niet meer lastigvallen...


Tot gauw,


Emma

14 mei

Bonjour Monsieur,

Voor mijn verslag over het eind van de oorlog heb ik uw brief mee naar school genomen. Wat de anderen erg interesseerde was dat u schrijft dat u in het begin van de oorlog net zo oud was als wij. Dat hadden wij ons niet gerealiseerd. Wij kennen de oorlog alleen uit de geschiedenisboeken of van films. En het zijn altijd wat oudere mensen die erover praten. Mijn grootouders waren nog niet eens geboren, dus zij kunnen me er niets over vertellen. Daarom is het zo raar om te bedenken dat het jonge mensen waren zoals wij die toen de verzetsstrijders waren. Nou ja, niet echt raar, maar bizar.

Na mijn verslag hebben we gedaan wat u in uw brief gevraagd hebt. We hebben een soort gebed gehouden voor de jongens die in het verzet zijn gestorven. Het idee kwam van de geschiedenisleraar. Hij zei dat we een minuut stilte in acht moesten nemen. Ik weet niet zeker of het werkelijk een minuut was, maar het was stil. Het was heel bizar.

Ik weet dat u niet wilt dat we u lastigvallen, maar mijn docent zei dat het heel goed zou zijn als u bij ons in de klas kwam. Het Lycée Montaigne is gemakkelijk te vinden, het adres is Rue Auguste-Comte 17. En het telefoonnummer is 01 44 41 xx xx.

Tot ziens, Monsieur
Florian Deneuf

17 mei

M'n Florian, m'n beste jongen,

Je bent echt een aardige jongen. Ik weet heel goed waar het lycée montaigne is, rue auguste comte. Ik heb er het zitvlak van mijn broek versleten tot in de derde klas. Jij zit ook in de derde. Misschien wel op dezelfde bank als waar ik op heb gezeten... Maar nee, het is dom om zoiets te zeggen. Zelfs het lycée montaigne is veranderd sinds de oorlog. Het zal nu wel heel modern zijn, met computers en zo...

En ik zal je nog iets vertellen wat je niet wist, iets wat je aan je vrienden kunt vertellen: op de laatste dag van de bevrijding van Parijs zijn er in het quartier veel gevechten geleverd tussen Duitse pantserwagens en Franse tanks. Dat kwam omdat de senaat niet ver weg was.

En de laatste moffen die zich hebben overgegeven bevonden zich in het lycée montaigne. Ik weet het, ik heb het met eigen ogen gezien.

Ik heb nagedacht over je verzoek. Ik zou graag in je klas verschijnen.

Maar weet je, Florian, ik praat allang niet meer met mensen over wat er in de oorlog gebeurd is. Ik heb mijn redenen ervoor.

Hoe dan ook, ik ben nog ziek en moet weer naar het ziekenhuis.

En deze keer weet ik niet hoe lang ik er zal moeten blijven.

Maar ik wil je één ding beloven: Zodra ik beter ben, zal ik mijn herinneringen op papier zetten. En ik zal ze in de brievenbus stoppen van het lycée.

Op die manier zul je veel dingen te weten komen die werkelijk zijn gebeurd, en zul je volgend jaar een nieuw verslag kunnen maken.

Ik weet zeker dat je een goede leerling bent, een hardwerkende jongen. Luister dus naar mijn raad.

Profiteer van de school om alles te leren, en daarna kun je naar de universiteit om een belangrijk man te worden.

Niet zoals ik...

En bedank je geschiedenisleraar en je vrienden van de 3$^{de}$ klas voor het gebed voor de jongeren die in de oorlog zijn gestorven.

Tot ziens,
Louis

Mlle Emma Chatrier
Rue Saint-Jacques, 240
75005 Parijs

Staatssecretariaat
Oud-strijders
Archief
Parijs, 3 juni 2006

Madame, Monsieur,

Ik wend me tot u met een verzoek om hulp. Sinds bijna een jaar correspondeer ik met een man, Louis Préaumont genaamd, die 82 is, in Parijs woont en verzetsstrijder was in de Tweede Wereldoorlog. Zijn beste vriend heette Frédéric de Bois-Léger en hij is op 21 augustus 1943 voor het gebouw Boulevard Saint-Michel 149 door de Duitsers doodgeschoten.

Het zou te lang duren om u de hele geschiedenis uit de doeken te doen; ik zal u slechts meedelen dat we de vroegere verloofde van Frédéric de Bois-

Léger hebben gevonden die op 21 augustus Parijs overhaast heeft moeten verlaten omdat ze anders zou zijn gearresteerd. Louis Préaumont heeft altijd gedacht dat ze gevlucht was zonder zelfs de moeite te nemen naar de begrafenis van haar verloofde te gaan.

Kortom, ik wil die twee bijeenbrengen. Maar ik beschik niet over het adres van Louis, want we corresponderen met elkaar door middel van briefjes die we achterlaten bij een gedenkplaat aan de boulevard Saint-Michel.

Ik weet dat het nogal gecompliceerd is, maar kunt u me helpen om Louis Préaumont te vinden? Ik vrees dat hij ernstig ziek is.

Duizendmaal dank,

Emma Chatrier

16 juni


Louis,

Ik maak me hevig ongerust omdat ik niets meer van u hoor. Gaat het goed met u? Wist ik maar waar u woonde, dan zou ik kunnen helpen.

Over twee dagen is het 18 juni.

Er wordt een plechtigheid gehouden in het raadhuis. Ik ga erheen, misschien bent u er ook? Ik smeek u, kom, ik moet u dringend spreken...

Ik weet trouwens niet eens hoe ik u moet herkennen! Ik trek een beige broek aan en een wit T-shirt met lange mouwen. En een rode trui als het koud is. En als het mocht regenen, dan draag ik een donkerblauw windjack met capuchon.


Tot overmorgen hoop ik,


Emma

22 juni


Louis,

Het is nu al langer dan een maand geleden dat u de brieven die ik ophang hebt beantwoord. Degene die ik verleden week heb aangeplakt heeft 4 dagen aan de gedenkplaat gehangen voor ik hem er heb afgehaald en weggegooid. Door de regen waren de letters onleesbaar geworden. Ik moet bekennen dat ik me ongerust maak. Ik maak me zorgen over uw gezondheid.

Ik hoop dat alles goed gaat en u deze nieuwe brief zult kunnen lezen. Ik heb belangrijk nieuws voor u. We hebben de verloofde van Frédéric gevonden. Ze leeft nog, ze heeft ons geschreven.

Geef alstublieft antwoord.

Mijn gedachten zijn bij u.


Emma Chatrier

*Libération* van 11 juli, rubriek kleine advertenties

Zoek informatie over de dood van Frédéric de Bois-Léger, op 21 augustus 1943 neergeschoten door de Duitsers voor het gebouw boulevard Saint-Michel 149, en over zijn vriend Louis Préaumont.

Neem contact op met Emma, telefoon 06 81 12 xx xx

22 augustus

Louis,

Ik ben echt ongerust. Gisteren was de gedenkdag van de dood van Frédéric en u geeft nog steeds
geen teken van leven.

Het raadhuis heeft de gedenkplaat voorzien
van een mooi blauw-wit-rood boeket. Maar het
ongelooflijke van alles is dat er de hele dag mensen
zijn langsgekomen om bloemen neer te leggen.

Paul en Marie-Claire, u weet wel, de studenten
die ik dankzij u heb leren kennen, hebben, stel je
voor, hun vakantie onderbroken om erbij te zijn. De
bloemist op de hoek heeft een enorm boeket neergelegd namens de Duitse toerist die ook met
Kerstmis bloemen had laten brengen.

Ik kan me niet voorstellen dat u op een dergelijke dag niet aanwezig was. Ik moet u iets bekennen: ik heb gehuild. Ja, toen vier oud-strijders een bos bloemen zijn komen neerleggen uit naam van kolonel ik-weet-niet-meer-wie, die u scheen te kennen. Ze hadden hun oude uniformen aangetrokken met al hun medailles. Ze zijn in de houding gaan staan voor de gedenkplaat van Frédéric. Iedereen die langskwam bleef staan. Het was als een afscheid van Frédéric de Bois-Léger.

Toen hebben de vier oud-strijders het Partisanenlied gezongen.

Alleen al het praten erover bezorgt me kippenvel. 'Ami, entends-tu le vol noir des corbeaux sur nos plaines...' (Vriend, hoor je de zwarte zwerm kraaien boven onze velden.) U kent het beslist beter dan ik. Ik wist niet dat dit het Partisanenlied was.

In ieder geval is het een heel ontroerend lied. Ook al zongen ze allemaal vals, dat was niet erg, het was een aangrijpend moment.

Ik zou u zo graag komen helpen als u problemen hebt.

Alstublieft, geef me een seintje.

Liefs,

Emma Chatrier

Staatssecretariaat Oud-Strijders
Archief
Bureau 722

Mlle Emma Chatrier
Rue Saint-Jacques 240
75005 Parijs

Parijs, 3 september 2006

Mademoiselle,

Ik heb kennis genomen van uw verzoek om inlichtingen betreffende Louis Préaumont. In principe ben ik niet gemachtigd dit soort privéonderzoek te verrichten. Maar ik beken dat uw verzoek me heeft ontroerd. Ik heb dan ook de cartotheek van de oud-strijders en de civiele verzetsstrijders geraadpleegd. Zijn naam komt in geen van onze registers voor. De heer Préaumont heeft nooit dienst gedaan in het reguliere Franse leger. En wat betreft de verzetsgroepen, zal hij waarschijnlijk zijn naam hebben veranderd toen hij zich daarbij aansloot. Dat gebeurde vaak in die tijd.

Het spijt me dat ik u niet kan helpen en wens u succes met uw verdere zoektocht.

Emile Duclos
Departementaal hoofd
van de militaire archieven

*Le Parisien* van 22 september 2006, rubriek 'Parijs'

# Adieu Loulou, dakloze en gentleman

Hij was een legendarische figuur in het quartier Saint-Michel. Op 82-jarige leeftijd is Loulou gisteren gestorven na een langdurige ziekte. Loulou weigerde zich in een ziekenhuis te laten opnemen en is gestorven op het stuk trottoir voor boulevard Saint-Michel 137 (V$^{de}$ arr., zie foto), waar hij langer dan vijftig jaar verblijf hield. 'Meer dan een dakloze of een clochard, was Louis de vriend van alle bewoners van het quartier', verklaart Martine, van de naburige bakkerij. 'Altijd bereid iemand een dienst te bewijzen, met een glimlach om de lippen. Hij had verkozen op straat te leven, het was zijn manier om vrij te zijn.' Beschreven door degenen die hem dagelijks tegenkwamen, als een 'discrete' en 'op zijn manier zelfs elegante' man, behield Louis Préaumont, bijgenaamd 'Loulou', zijn waardigheid. Hij droeg zonder uitzondering een stropdas en had altijd geweigerd het onderdak te accepteren dat hem werd aangeboden door de hulpverlening aan daklozen. De bewoners en winkeliers van het quartier hebben aangekondigd hem te herdenken tijdens een religieuze plechtigheid in de kerk Saint-Jacques-du-Hau-Pas, Rue Saint-Jacques, op 25 september om 11.00 uur.

*Le Parisien Dimanche* van 24 sepember 2006, rubriek 'Paris'

# Dood van een woningbezittende clochard!

Loulou, de dakloze die dood is aangetroffen op het trottoir van de boulevard Saint-Michel tegenover nr. 137 (onze editie van vrijdag 22 jl.) was geen dakloze zoals de anderen! De prefectuur van politie verklaarde in een interview met *Le Parisien*, dat Louis Préaumont, die al vijftig jaar op het trottoir van de boulevard huisde, eigenaar was van een appartement in het quartier! Een tweekamerflat in de rue Gay-Lussac, boven de kruidenierswinkel die tot eind van de jaren 40 in bezit van zijn ouders was.

Niemand weet waarom 'Loulou' op straat was gaan wonen. De man die door de bewoners van het quartier de 'gentleman clochard' genoemd werd is overleden en heeft zijn geheim meegenomen in het graf. Op 25 september om 11.00 uur is er een plechtigheid om deze bekende figuur van de boulevard Saint-Michel herdenken in de kerk Saint-Jacques-du-Haut-Pas.

24 september


Als u dezer dagen langs dit gebouw loopt, denk dan even aan Frédéric de Bois-Léger, die zijn leven heeft gegeven om Parijs te redden.

En bid voor zijn vriend Louis Préaumont, die hem tot aan zijn dood op 21 september 2006 trouw is gebleven.

Onze bloemen en onze brieven zijn de mooiste hulde die we hun kunnen brengen.

26 september

Doe me een lol,
wat moet ik nou met al die bloemen?
En geweldig die kaarsen, ze druipen over de hele
grond.
De conciërge van 149.